AF299828

L'ANGE DE L'EXIL

MADAME

LA COMTESSE DE CHAMBORD

MARIE-THÉRÈSE D'ESTE

REINE DE FRANCE ET DE NAVARRE

AVEC PORTRAITS ET *FAC-SIMILE*

Par C.-J. GRAND

> Nulle Princesse n'est plus
> Française qu'elle par son
> esprit et son cœur.
> (TREBUCIET.)

PARIS

LECOFFRE FILS ET Cⁱᵉ, LIBRAIRES

90, RUE BONAPARTE, 90

1872

PARIS.— IMPRIMERIE ADRIEN LE CLERE, RUE CASSETTE, 29.

A

TOUTES LES FRANÇAISES

QUI ONT DU COEUR ET DES SENTIMENTS

Déposé.

« Je serai l'ornement de ses prospérités, si Dieu lui en réserve, et le bonheur de ses adversités si Dieu lui en destine : je serai la couronne du proscrit, la patrie de l'exilé, la richesse du dépossédé. »

Page 30.

MADAME

LA COMTESSE DE CHAMBORD

Quand Dieu, dans ses desseins impénétrables, veut élever ceux qu'il aime et les rendre plus forts contre la perversité des méchants, il les éprouve par l'adversité et les abreuve d'abord d'amertumes ; mais, à côté d'eux, dans sa bonté, il place un de ces anges destinés à tempérer la douleur par la résignation et à soulager l'infortune par la prière et l'espérance.

Tel est le rôle qu'il semble avoir assigné à Marie-Thérèse-Béatrix d'Este, Princesse de Modène, Comtesse de Chambord.

Compagne assidue du malheur, elle a non-seulement tout fait pour l'adoucir et le consoler, elle a su encore, par une pieuse industrie, dérober aux yeux du public des actes qui, pour être moins connus, ne lui donnent que plus de droits à notre estime et à nos éloges. Il y a des fleurs qui se cachent aux yeux de tous ; mais leur parfum les trahit et les fait d'autant plus rechercher. Si le monde était capable d'apprécier à sa juste valeur le vrai mérite et la vertu modeste, quelle femme serait plus digne de son admiration ?

Il faut l'avouer, à notre honte, l'histoire contemporaine est souvent la plus ignorée, et, si quelques voix ne s'efforçaient de la rappeler à notre époque, oublieuse du bien encore plus que du mal, les plus beaux caractères resteraient dans l'ombre.

C'est la pensée qui nous a déterminé à mettre au jour ces quelques lignes.

I

Marie-Thérèse à Modène.

Noblesse et origine de la Maison d'Este; François de Lorraine et Marie-Béatrix d'Este. — François IV; l'archiduc Maximilien. — Naissance de Marie-Thérèse; joie de ses parents; l'Enfant de bénédiction et l'Enfant du miracle. — Marie-Béatrix de Savoie; soins qu'elle apporte à l'éducation de ses Enfants. — François IV la seconde; sa cour. — Anecdotes. — Les soirées de Cattajo. — Magnificence du palais de Modène. — La duchesse de Berry à Massa. — La Maison de Bourbon sur la terre étrangère; Henri V et Maximilien. — Révolution de 1831 à Modène. — Une fête à Ebenzweyer. — Deuils domestiques; François V, duc de Modène. — Vertus et qualités de Marie-Thérèse.

L'auguste épouse de Henri V joint à la noblesse du cœur l'illustration de la race. Après la Maison de France, la plus glorieuse de toutes, la Maison de Hapsbourg-Lorraine, à laquelle appartient Mme la Comtesse de Chambord est, sans contredit, la première de l'Europe.

L'origine de la Maison d'Este, qui a donné son nom à la branche ducale de Modène, se perd dans la nuit des temps. Le dernier chef de cette famille, le duc Hercules III de Modène, étant mort, en 1804, sans enfants mâles, laissa pour héritière sa fille aînée Marie-Béatrix. Cette princesse avait épousé en 1771 le dernier des fils de la grande Impératrice Marie-Thérèse, l'archiduc d'Autriche, François de Lorraine, frère de notre Reine Marie-Antoinette, qui dès lors acquit le nom et les titres de la famille d'Este.

La chute de Napoléon rendit à leur fils, le duc François IV, les États de son aïeul. Ce prince, qui s'était marié avec sa nièce Marie-Béatrix de Savoie, n'avait point d'enfant. Son frère, l'archiduc Maximilien, était entré dans l'Ordre Teutonique. Préoccupé de l'avenir de son duché, François le pressait vivement de se faire relever de ses vœux. « Dieu, répondit le pieux archiduc, saura donner des héritiers à la Maison d'Este. »

Tant de confiance ne pouvait rester sans récompense. Le 14 juillet 1817, la duchesse mettait au monde l'archiduchesse Marie-Thérèse Béatrix-Gaëtane d'Este.

La joie si longtemps inespérée que la naissance de cette Enfant de bénédiction apporta à Modène, devait lui donner quelque ressemblance avec celle de l'Enfant du miracle. La date, que la Providence avait choisie, n'était peut-être pas elle-même sans mystère. C'était tout à la fois celle du jour anniversaire de la naissance de l'archiduc Maximilien et la veille de la Saint-Henri. Elle voulait, sans doute, faire comprendre que la réalisation des espérances de l'archiduc était la récompense de sa foi ; mais ne voulut-elle pas aussi que Marie-Thérèse parût souhaiter d'avance la bienvenue à son royal époux ?

Les premières années de la vie de notre Princesse s'écoulèrent dans un calme profond ; elle puisa dans les leçons et les exemples de sa vertueuse famille les principes de cette forte et sage éducation qui mettent dans le cœur des Rois et des Reines l'amour du pauvre peuple et le germe des plus rares vertus.

Marie-Béatrix de Savoie était une princesse éclairée ; chez elle, l'élévation des sentiments l'emportait sur l'illustration de la race. Son plus grand bonheur était de s'occuper uniquement de ses enfants. Rien ne vaut pour l'enfance les chastes inspirations puisées au foyer domestique : sous l'égide d'une mère, le mal ne saurait avoir de prises et les vives inspirations que donne la vie en famille ne laissent dans l'âme de ceux qui les ont reçues qu'une salutaire influence. Le succès répondit promptement à ses soins : la jeune Marie-Thérèse fit bientôt concevoir les plus riches espérances, et l'âge, en développant l'heureux naturel dont le Ciel l'avait douée, ne fit que les accroître.

François IV, de son côté, secondait de tout son pouvoir les vues de son épouse ; quand les affaires du gouvernement ne réclamaient plus sa présence, le duc disparaissait et n'était plus que le plus tendre des époux et le meilleur des pères. Sa cour n'était point gangrenée par la révolution, et ses actes montraient à tous qu'il croyait qu'un souverain peut, sans déroger, pratiquer la religion, seule base de toute morale. Dieu bénissait de plus en plus son union et lui accordait de nouveaux héritiers : c'étaient les archiducs François et Ferdinand et l'archiduchesse Marie-Béatrix. Dans cette noble famille devait régner une sainte émulation pour le bien.

La pieuse mère veillait sur chacun d'eux avec une sévère vigilance et n'omettait aucune occasion de redresser leurs moindres défauts. On peut en juger par ces quelques traits que nous avons pu recueillir.

La jeune Marie-Thérèse avait coutume de passer une partie de ses journées auprès des religieuses de la Visitation de Modène. On pourrait presque dire qu'elle y fut élevée. Un jour que la duchesse l'avait accompagnée, l'enfant présenta aux religieuses sa main à baiser. Marie-Béatrix, qui s'en aperçoit, frappe la petite main de la Princesse et l'oblige à prévenir les religieuses par des marques de respect.

Dans une soirée de cour, toutes les dames

avaient conservé leur châle, tandis que le cérémonial exigeait qu'elles fussent vêtues comme la duchesse. Marie-Thérèse aussitôt de courir malicieusement de l'une à l'autre : « Maman n'a pas son châle. » Toutes les dames s'empressent de le déposer dans l'antichambre. Marie-Béatrix s'aperçoit bientôt des allées et des venues de ses invitées ; pour punir sa fille de son espièglerie, elle lui fait sur-le-champ reporter à chaque dame son châle.

S. A. R. venait chaque année avec sa mère passer l'automne à Reggio. Elle allait aussi fréquemment dans une propriété que ses parents possédaient hors de leur duché, à Cattajo, non loin de Padoue, dans une situation des plus agréables. C'était un grand bâtiment oblong, à un seul étage, terminé par une chapelle, que l'on décorait du titre de château. Il était assis près d'un rocher dans lequel on avait frayé plusieurs chemins ; plus haut, tout près d'une colline appelée *Collo di Egane*, s'étendait le parc. Assigner une date à la construction de l'édifice nous paraît difficile, mais il devait être assez moderne, si l'on en juge par le coup d'œil ; du reste, on y remarque une salle d'armes spacieuse renfermant une riche et belle collection d'armures du temps de la chevalerie.

L'aspect du château se déridait bien vite à l'arrivée de ses hôtes. Les soirées de Cattajo étaient célèbres dans les environs. L'élite de la société vénitienne et modénaise se pressait dans

les salons. Les filles de la duchesse en étaient
un des plus beaux ornements. Marie-Thérèse
y déployait tous les charmes de sa voix, elle
chantait avec tant de pureté et d'expression
que tous les assistants (et en Italie, on possède
à un haut degré le sentiment de l'harmonie)
l'applaudissaient avec transport ; ou bien elle
touchait du piano, et l'ivoire, cédant sous la
pression de sa fine main blanche, rendait des
sons si suaves que le moindre bruit cessait
aussitôt dans l'auditoire. Qui ne l'eût alors
applaudie ? elle était si douce, si gentille, la
petite Princesse, elle savait si bien allier la
grâce la plus exquise à la plus aimable des
modesties. N'était-ce pas elle, en effet, qu'on
avait vue, peu d'heures auparavant, entrer à la
dérobée dans la demeure des nécessiteux pour
y déposer un don que sa charité voulait tenir
caché ? « Elle est si bonne ! » disait le peuple
qui résumait ainsi, en ce seul mot, tout l'éloge
de Marie-Thérèse.

La musique ne fut pas le seul art d'agrément
admis à son éducation vraiment royale. Elle
dessine et peint avec un goût remarquable. Peu
de souverains en Europe ont plus favorisé la
renaissance artistique et littéraire que la Maison
d'Este. Elle fut la protectrice du Tasse et du Tas-
soni, de Muratori et Tibaroschi, ces deux co-
losses de science ; l'Arioste la chanta dans ses
vers. Le palais des princes de cette maison à Modène est un grand et bel édifice ; il contient

une bibliothèque de quatre-vingt-dix mille volumes et de trois mille manuscrits ; parmi ces derniers, il y en a un du Dante, plusieurs du Tasse et celui des lettres de saint Jérôme exécuté, en l'an 1157, aux frais des dames de Modène dont les noms se lisent à la fin du manuscrit. Les appartements, l'escalier, le grand salon, sont décorés avec beaucoup de magnificence. Tous les grands maîtres de l'Italie semblent s'y être donné rendez-vous. Les chefs-d'œuvre du Guerchin, de l'Albane, des trois Carrache et d'André del Sarto s'y montrent à chaque pas. Mme la Comtesse de Chambord a vécu avec eux, au milieu d'eux, et c'est en contemplant les merveilles de la science et du génie qu'elle a appris à les connaître en artiste pour les protéger en Reine.

Marie-Thérèse n'avait que quinze ans lorsqu'une mère proscrite vint demander l'hospitalité au duc de Modène (1832). Au delà des monts s'était passé un drame qui devait coûter bien cher à la France et à l'Europe. Le vieux trône de nos Rois s'était effondré en trois jours ; une mère, Marie-Caroline de Sicile, espérait le relever. François IV, qui avait connu les amertumes de l'exil, la reçut avec beaucoup de grâce et la força d'accepter pour résidence

(1) Nous empruntons ces détails à un écrivain du temps ; peut-être que ces lignes sont controuvées aujourd'hui. — La révolution, qui n'a pas épargné les hôtes de Modène, a-t-elle respecté leur palais ?

son magnifique palais de Massa, à une lieue de la mer. Ce fut là que se concerta la prise d'armes de la Vendée. Au milieu de ses rêves brillants, qui eût pu dire à la mère du Roi de France que ses efforts échoueraient et que le prince hospitalier qui lui accordait un asile serait le beau-père de son Henri ?

La Maison de Bourbon commençait son grand et dernier pèlerinage sur la terre étrangère. Quarante ans devaient s'écouler avant que les portes de la patrie se rouvrissent devant elle.

Un jour, un jeune homme vint à Lintz visiter le grand système de fortifications dont l'archiduc Maximilien était l'inventeur. Il saisissait avec une rare perspicacité tous les moindres détails. Maximilien contemplait avec étonnement ce visage d'enfant rayonnant d'intelligence, ces yeux pleins de vie, auxquels rien n'échappait ; quand le visiteur se fut retiré, il ne put s'empêcher de dire aux officiers qui l'entouraient : « Je suis sûr, messieurs, que vous avez éprouvé ce que j'ai ressenti près de ce jeune Prince ; on dirait le doigt de Dieu empreint sur son front. » Ce jeune homme, c'était Henri de France.

La révolution, qui l'avait jeté dans l'exil, n'épargna pas Modène. Les troubles éclatèrent d'abord dans les États-Pontificaux et le duché de Parme. Le général baron de Frimont, qui commandait à Milan, offrit immédiatement un secours au duc François IV. Ce prince, ne voulant point s'en servir à l'insu de l'Empereur, son parent, crut devoir attendre son autorisation. Les émeutiers, profitant de sa loyauté, le forcèrent à quitter sa capitale et à se retirer avec les troupes qui lui étaient restées fidèles dans la petite ville d'Este, tandis que sa famille se réfugiait à Mantoue; mais ce fut pour peu de temps : les troupes autrichiennes comprimèrent rapidement l'insurrection. L'union et les armes de la maison d'Autriche paralysèrent encore une fois de plus le mal qui minait sourdement l'Italie.

L'archiduc Maximilien d'Este avait eu une grande part dans la restauration de l'autorité ducale à Modène. Ce prince, qui fut depuis grand-maître de l'Ordre Teutonique et dont la vie ne fut qu'une longue suite de bonnes œuvres, ne vivait que pour sa famille. Il témoignait surtout une affection bien vive pour le duc de Modène et ses enfants. « Je suis enchanté, lui écrivait-il un jour, que le petit archiduc François soit déjà soumis à une direction virile qui prépare une forte éducation; qu'il soit si développé physiquement et moralement, si docile, si studieux et si raisonnable; que son caractère se montre franc et ouvert, que son cœur soit droit, que son âme annonce de l'énergie. — Geggina (Thérèse) est si bonne, si intelligente, si gentille, qu'il faut l'aimer. Dando (Ferdinand) est beau, vif, réjoui, es-

riègle, énergique et cordial. Béatricina (Béatrix)
une intelligence, une grâce et un don de
conciliation vraiment extraordinaires, allié à
une extrême vivacité... Ce sont de jolis enfants
bien satisfaisants ; tous sont bons, vifs et d'une
bonne santé ; embrasse-les tous pour l'oncle
Maximilien, dont j'espère qu'ils se souviennent
quelquefois. »

Il se plaisai à les recevoir dans son château
d'Ebenzweyer à quelques lieues de Lintz. En
1834, il y avait réuni le duc et la duchesse de
Modène avec leur famille, le roi et la reine de
Hongrie, ses neveux. Promenades en bateau sur
le lac, ascension sur le Traunstein, danse au sa-
bre, illumination sur le lac et le rocher de Traun,
rien ne manquait à la fête. « Tout le monde,
écrivait l'archiduc à son frère Ferdinand, tout le
monde était content, tous les visages expri-
maient une franche gaieté. Le roi vint sur la
place pendant que le peuple dansait; mais au
même moment les cloches de la tour de
l'église ayant sonné l'*Ave Maria*, il trouva tous
les danseurs et tout le monde à genoux, réci-
tant l'*Angelus*, ce qui l'édifia beaucoup et me
remplit de joie. — J'ai imaginé pour mes
nièces une plaisanterie qui m'a réussi à merveille. Je leur ai fait faire un costume de
paysanne qu'elles ont porté avec tant de naturel, en fredonnant un air, que, pendant **dix**
minutes, nul de la société ne les a reconnues,
pas même leur mère. Ce costume leur va si

bien qu'elles se font une joie de l'emporter à Modène. »

· Les joies de la terre n'ont, hélas ! qu'une courte durée ; trop souvent, c'est pour les meilleurs d'entre nous que sont faites les tristesses. Déjà, en novembre 1829, la mort avait ravi à notre Princesse l'archiduchesse Marie-Béatrix d'Este, son aïeule, et en mai 1832, sa grand'mère et tante Marie-Thérèse, reine de Sardaigne. Le 15 septembre 1840, elle frappait plus près d'elle ; agenouillée auprès du lit où agonisait sa sainte mère, elle y apprit la science du malheur. Six ans encore et elle avait à déplorer une autre perte : celle de son père, François IV (21 janvier 1846). Ce prince avait mandé son frère Maximilien auprès de lui et désirait le voir avant de mourir. L'archiduc était à Vérone ; il vole, arrive ; la mort l'avait devancé.

La couronne de Modène passa sur la tête de François V, qui avait épousé, en 1841, la princesse Aldégonde de Bavière, fille du roi Louis. Rien ne fut changé dans le gouvernement, et si l'on n'avait vu le cercueil du dernier duc porté avec pompe dans les caveaux de ses aïeux, on eût cru qu'il régnait toujours. François V, comme François IV, conserva la dignité la plus entière en face de l'usurpation ; le père n'avait pas voulu reconnaître Louis-Philippe, le fils observera la même conduite nvers le troisième des Bonaparte.

Cependant, les vertus de Marie-Thérèse brillaient du plus vif éclat. C'était une Princesse accomplie, que tous les Modénais se plaisaient à aimer. « D'une piété solide et vraie, d'un cœur immense, toute pour les autres et rien à elle, nous écrit une dame de Modène, c'était l'ange de la cour, de la famille, remplie de jugement, d'un bon sens, grave dans son maintien, mais en même temps affable, bonne avec tout le monde et pleine de charité. » Sa sagesse était si grande que le grand-maître, son oncle, homme de haute expérience, l'associait sans cesse à tous les secrets de sa charité et lui demandait des conseils, toutes les fois qu'il s'agissait de fondations importantes. Les deuils domestiques, qui avaient, de bonne heure, semé le vide autour d'elle, lui avaient appris à regarder la douleur en face. En un mot, elle était digne de l'époux auquel le Ciel la destinait. On pouvait bien lui appliquer ce que disait de la duchesse de Parme, encore enfant, un pèlerin de Prague : « Mademoiselle est pleine de grâce et d'amabilité. Sa bouche ne s'ouvre que pour prononcer de ces paroles qui vont au cœur; en la voyant, on retrouve involontairement sur ses lèvres la salutation de l'Ange à Marie et l'on murmure avec lui : *gratiâ plena.* »

II

Marie-Thérèse, Reine de France.

Le Comte de Chambord envoie le duc de Lévis à Modène demander Marie-Thérèse. — Réponse du duc François V et de la Princesse, sa sœur. — Elle quite Modène; adieu du peuple. — Rencontre des deux époux. — Journée du 15 novembre 1846; préparatifs de la cérémonie; discours de l'abbé Trébuquet; Marie-Thérèse Reine de France. — Arrivée à Frohsdorf.

Un nouvel avenir allait s'ouvrir devant Marie-Thérèse. L'héritier de saint Louis, le Roi de France, avait jeté les yeux sur elle et venait lui proposer de partager sa destinée. Elle n'hésita pas. L'idée du sacrifice ne lui était point étrangère. De bonne heure, on l'avait habituée à se mettre au-dessus de ses passions et de ses intérêts. La piété solide dont elle est douée, piété si sensible qu'en s'approchant du tribunal de la pénitence avant le moment de sa première communion elle tomba évanouie d'émotion, l'avait affermie dans cette voie. Sacrifice d'une position brillante pour s'attacher à un Prince qui ne lui offrait en retour que les amertumes de l'exil, sacrifice de ses goûts, de ses désirs et de ses idées pour une nouvelle patrie : une autre eût peut-être reculé, mais Marie-Thérèse, elle, se montra fière et heureuse de s'unir à l'auguste Chef de la Maison de Bourbon.

Ce fut le 5 novembre 1846 que le duc de

Lévis fit, au nom de M. le Comte de Chambord, au duc François de Modène, la demande de la Princesse.

« C'est avec une joie pleine de confiance, répondit le duc, que je donne mon consentement à une union qui doit resserrer de plus en plus des liens de parenté si honorables pour ma famille et pour moi. Persuadé que ce mariage doit assurer le bonheur d'une sœur chérie, je serai bien empressé de hâter l'accomplissement des désirs de Mgr le Comte de Chambord. Je suis charmé, M. le duc, qu'il vous ait pris pour son interprète auprès de moi ; aucun choix ne pouvait m'être plus agréable... »

Marie-Thérèse étant entrée dans la salle d'audience, le duc de Lévis lui adressa les paroles suivantes :

« Madame,

« M. le Comte de Chambord m'a chargé d'exprimer à Votre Altesse Royale combien il désire que vous consentiez à unir votre sort au sien. Si, comme il l'espère, ses vœux sont accomplis, il vous devra son bonheur personnel et vous l'aiderez à remplir les devoirs que la Providence lui a imposés.

« Madame, devenue Française, vos vertus, vos bienfaits, feront bénir votre nom dans la France entière et toutes vos prières comme vos vœux seront pour le bonheur de votre nouvelle patrie. »

« Je consens avec joie, répondit la Princesse, à unir mon sort à celui de M. le Comte de Chambord : car je suis sûre que cette union fera mon bonheur. Fermement résolue à dévouer ma vie tout entière au Comte de Chambord, j'aimerai la France comme lui et toutes mes prières, tous mes vœux, seront pour notre commune patrie. »

Le 7 novembre 1846, le mariage par procuration fut célébré à Modène ; le duc de Lévis représentait le Prince. Le lendemain, Mme la Comtesse de Chambord recevait les adieux de la cour ; ceux du peuple et des pauvres de Modène furent déchirants. Marie-Thérèse était dans une voiture découverte ; tous se précipitaient autour d'elle, chacun voulait voir une dernière fois celle qui avait été leur providence. *Evviva!* criaient bien des gens qui avaient des larmes dans la voix.

Le 15 novembre, elle arrivait à Brück, petite ville de la Styrie, à une journée de Frohsdorf. Monseigneur l'y attendait depuis la veille. Il était accompagné de la Famille royale de France, de l'archiduc Maximilien et de plusieurs autres princes de la Maison d'Autriche.

L'entrevue fut touchante. Comme Frohsdorf était encore assez éloigné et qu'on n'y pouvait arriver que fort tard, on décida que le mariage aurait lieu le lendemain même à Brück. Rien n'avait été prévu pour les préparatifs de la cérémonie ; mais la fête, pour être improvisée, n'en fut que plus touchante. A neuf heures,

Déposé.

« Tout périssait enfin lorsque Bourbon parut. »
(*Henriade.*)

les augustes époux se rendirent à l'église, où ils reçurent la bénédiction nuptiale des mains de l'abbé Trébuquet, l'ange de Frohsdorf (1).

Le vénérable vieillard rappelait à ses auditeurs le mariage de Louise de France avec le prince héritier de Lucques :

« Aujourd'hui disait-il, un spectacle plus imposant encore s'offre à nos regards. Deux jeunes époux, tous deux en deuil, l'un... de la patrie ; l'autre... à Dieu ne plaise que je rouvre une blessure douloureuse et récente! s'unissent pour se soutenir et se consoler réciproquement dans les épreuves de la vie. Quoique leur consentement mutuel échangé au loin par

(1) L'auguste mariée avait une robe de dentelle blanche ornée de deux hauts volants ; sur ses beaux cheveux, une longue écharpe de dentelle retenue par la couronne de fleurs d'oranger, et au cou, six rangs de magnifiques perles fines. Mme la comtesse de Marnes portait une robe de satin grec gros bleu, et un chapeau de satin blanc avec bouquet de plumes blanches. La robe de Mme la duchesse de Berry était de satin brun, à raies bleues, garnie de dentelle noire, et son chapeau de satin, couleur citron, orné de plumes de même couleur. Mme la duchesse de Lévis avait une robe de satin vert émeraude, garnie de dentelle noire; un chapeau de velours gris de lin avec plume pareille. La comtesse de Hautefort, une robe de satin violet, garniture de dentelle noire, chapeau de crêpe jaune à marabouts. La comtesse C. de Choiseul, une robe de gros grain rose glacée de gris à deux volants, chapeau de crêpe blanc avec bouquet de plumes blanches. La comtesse Emma de Chabannes, une robe de popeline bleue turquoise, chapeau de satin blanc garni d'un saule marabout. La comtesse de Quesney, une robe de gros de Naples gris, capote de satin blanc, plume blanche. La couleur du panache de Henri IV se trouvait presque sur toutes les têtes.

l'entremise d'un serviteur dévoué les lie déjà devant Dieu et devant les hommes, il leur tardait de renouveler au pied de l'autel le don qu'ils se sont fait de leurs cœurs et de se jurer une seconde fois solennellement une fidélité inviolable. Tant de vœux et de prières devaient donc à la fin être exaucés ! Le fils aîné de saint Louis, le chef d'une Maison royale dont la gloire a rempli tout la terre, l'unique rejeton d'une race féconde en grands Rois, en martyrs, en héros, voit à ses côtés la compagne qu'appelaient ses vœux et que le Ciel lui envoie. Bénie soit celle qui vient au nom de Seigneur !

« Prince, avant d'accomplir cet acte important, dont l'influence doit s'étendre à toute votre destinée, vous en avez mûrement pesé tous les motifs. Vous vous êtes demandé ce que le devoir vous prescrivait, ce que saint Louis, votre bienheureux aïeul, eût fait à votre place; vous vous êtes consulté vous-même, surtout vous avez consulté Dieu et vous êtes d'autant plus autorisé à croire que c'est lui qui a dicté votre décision et votre choix, que vous trouvez réunies à un degré plus éminent, en celle qui joint son sort au vôtre, toutes les qualités qui peuvent assurer votre bonheur.

« Issue des antiques Maisons d'Autriche, d'Este et de Savoie, arrière-petite-fille de Marie-Thérèse, fille d'un souverain dont l'attachement inébranlable au principe sacré sur lequel se fondent la stabilité des trônes et le repos des nations, revit dans ses fils, imitateurs d'un si noble père ; nièce de deux princes la loyauté et la vertu même, et de deux angéliques princesses l'édification du monde, et dont l'une porte une des plus belles couronnes de l'univers ; enfin élevée par une pieuse et tendre mère, objet maintenant, avec le meilleur des pères, de ses profonds et éternels regrets, elle fut de bonne heure le modèle d'une cour, qui elle-même était un modèle. Une sagesse prématurée, une bonté ineffable, un caractère sûr, facile, toujours égal ; une modestie sincère jointe à l'habitude de s'oublier pour ne penser qu'aux autres, lui avaient si bien concilié l'affection et la confiance de tout ce qui l'environnait, qu'elle était devenue la seconde mère de sa sœur et, pour ainsi dire, l'oracle de toute sa famille. La miséricorde est née et a grandi avec elle. Dès ses jeunes ans, elle a eu des entrailles de compassion pour les pauvres. Elle ne connaissait pas de délassement plus doux que de les visiter sous leurs humbles toits et de les servir de ses propres mains sur leur lit de douleur. Sa présence, dans ces asiles de la misère, était comme l'apparition d'un ange apportant la consolation et la paix, ou plutôt celle de la Providence elle-même se rendant en quelque sorte visible dans la charité de cette princesse... Tout ce qu'elle a de tendresse dans le cœur, d'agrément dans l'esprit, de douceur dans le caractère, de force et de persévérance dans la volonté, de délicatesse et d'élévation dans les sentiments, elle vient, Monseigneur, le mettre à votre disposition, se vouant elle-même tout entière à votre bonheur. Dès ce moment vos peines sont ses peines, vos intérêts ses intérêts ; votre vie est la sienne, et nul soin, nul effort, nul sacrifice ne lui coûtera pour remplir cette grande et sainte mission.

« Près de vous, une vie grave, sérieuse, retirée, sera pour elle pleine de charmes. Et que lui importent des divertissements et des fêtes que vous ne partageriez pas avec elle? Cependant toutes les fois que les convenances ou la nécessité l'appelleront dans les cours, elle y paraîtra, entourée d'unanimes hommages, heureuse et fière de vous aider à y porter noblement le grand nom de France ; car nulle princesse n'est plus française qu'elle par son esprit et par son cœur ; éloignée du trône, au moins pouvons-nous dire que nulle ne méritait mieux d'y monter. Telle est, Monseigneur, l'épouse que Dieu vous donne. Elle retrouvera en vous tout ce qu'elle a perdu ou dont elle se sépare pour vous suivre, et dans quelque position que vous soyez placé, sa joie, sa couronne sera de faire le bonheur de votre vie.

« Que ne devez-vous pas attendre vous-même, Madame, de celui qui devient votre époux... N'en doutez pas, vous serez aussi heureuse par lui qu'il sera lui-même heureux par vous.

« Jeunes époux, dans ce moment solennel où, en présence de vos augustes familles, et au milieu des ardentes prières qui s'élèvent vers Dieu de tous les cœurs émus, vous vous disposez à renouveler vos serments, il me semble voir l'image de Marie s'animer ici sur son autel, et cette Vierge sainte en descendre, ou plutôt venir du ciel avec une douce majesté, pour présider, au nom du Seigneur, à cette religieuse cérémonie, et sceller elle-même du sang de son Fils vos mutuelles promesses.

« Je n'oublie pas, vous dit-elle, que la
« France a été mise par ses pieux monarques
« sous ma protection spéciale, et je ne puis
« rester indifférente ou étrangère à ce grand
« acte qui unit par un lien sacré ses deux
« plus nobles enfants. Prenez mon joug sur
« vous; c'est le mien : car je l'ai porté avant
« vous, et c'est de ma main que vous le rece-
« vez. Si vous êtes fidèles à Dieu, ce joug vous
« sera doux, et le fardeau des devoirs qu'il
« vous impose paraîtra léger. Dès l'aurore de
« vos années vous m'avez appelée votre mère
« et j'en ai eu constamment pour vous la ten-
« dresse. J'ai veillé sur vos pas, je vous ai dé-
« fendus de tous périls. Dans vos joies, dans
« vos tribulations, j'étais près de vous. Ma
« prédilection maternelle vous donne aujour-

« d'hui l'un à l'autre. Toutes les faveurs dont
« la bonté divine vous a comblés vous sont
« venues par moi, et c'est par moi que vous
« viendront encore toutes celles que vous at-
« tendez. Dieu voulait cette alliance et nul n'a
« pu s'y opposer ; il veut maintenant que je
« la bénisse de sa part, et si vous répondez
« aux vues de sa miséricordieuse providence,
« nul n'aura le pouvoir d'arrêter le cours des
« bénédictions qu'il m'ordonne de répandre
« sur votre union et sur vous. Soyez donc
« bénis dans l'enceinte des villes, dans la so-
« litude des champs, en quelque lieu que vous
« dressiez votre tente. Soyez bénis dans la
« terre de votre pèlerinage et dans celle où
« vous devez fixer enfin votre séjour perma-
« nent. Quant à l'avenir qui vous est réservé,
« ne demandez pas à en sonder le mystère.
« Seulement, ayez confiance, marchez toujours
« d'un pas ferme dans les voies de saint
« Louis. Mon divin Fils et moi, nous vous pro-
« tégerons, et si nous sommes pour vous, qui
« sera contre vous ? Enfants des Rois, écoutez
« la voix de votre céleste mère ; gravez ses
« conseils dans votre souvenir, et surtout ob-
« servez-les avec une filiale docilité ; vous en
« recueillerez les fruits les plus précieux.
« Votre vie s'écoulera pleine de grâces et de
« mérites, et la lumière de vos œuvres, plus
« pure, plus éclatante que celle du jour, sera
« pour vous comme un manteau royal, et

« brillera sur vos fronts comme un diadème
« de gloire. »

Le prêtre s'était tu ; une émotion profonde
avait saisi tous les assistants ; tout à coup, on
entend une voix retentir dans le sanctuaire :
« Sérénissime prince Henri, Comte de Chambord, est-ce bien de votre plein gré que vous
prenez pour épouse la sérénissime Princesse,
ici présente, Madame Marie-Thérèse-Béatrix-
Gaëtane de Modène d'Este ? — Oui, » répond le
descendant de saint Louis, d'une voix ferme.
L'aumônier de l'exil se tourne alors vers la
fille de François IV :

« Hier encore, Madame, vous aviez une patrie.... aujourd'hui, vous n'en avez plus....
Vous n'en aurez plus, tant que la France restera fermée à Monseigneur. »

Un de nos amis (dit M. A. Rémy) qui eut le
bonheur d'assister à cette religieuse cérémonie,
a écrit « qu'à ce moment la noble tête de
Mme la Comtesse de Chambord se releva avec
une majesté divine, et que ses traits disaient
qu'elle acceptait avec bonheur, avec fierté, la
destinée qui lui était faite. »

Un banquet, auquel furent invités tous les
Français présents dans la ville et aux environs, suivit la cérémonie. La nouvelle Reine se
montra pleine de bonté pour eux, ses paroles
bienveillantes lui concilièrent l'estime de tous.

À midi, la Famille royale se dirigeait vers
Frohsdorf. Les habitants étaient sur pied. La

veille, le curé du village les avait invités à prier pour la prospérité du mariage qu'allait contracter M. le Comte de Chambord. Le lendemain, au matin, les paroisses des environs emplissaient la modeste église. Malgré la saison déjà avancée, on avait élevé de magnifiques arcs de triomphe, dont la verdure semblait être une anticipation sur le printemps prochain et formait un contraste piquant avec les rigueurs de l'hiver ; on y avait arboré le noble écusson de France qui a, tant de fois, fait pâlir l'étranger. Ce ne fut pas sans un sentiment profond de reconnaissance que les deux époux parvinrent à traverser les rangs de la foule, accourue pour leur témoigner combien elle était heureuse de leur bonheur.

III

La ceinture de la Reine.—Voyage d'Ems.

La nouvelle du mariage arrive en France. — Joie et félicitations des royalistes. — Lettre de Châteaubriand ; réponse de Marie-Thérèse. — Les dames de la Halle de Paris et de Nîmes. — La fidélité bretonne. — Bienfaisance des deux époux ; ateliers de Chambord ; appel aux royalistes. — La ceinture de la Reine. — Révolution de 1848. — Contre-coup en Autriche et à Venise. — Frohsdorf. — La Comtesse de Chambord à Ems ; hommages des Français.— Arrivée du Prince.— Témoignage des visiteurs. — Le don du cœur. — Le portrait de Henri V. — Le concert du 25 août ; respect des assistants. — Départ.

Le mariage du descendant de soixante Rois, célébré sans aucune pompe et presque à l'improviste au fond de l'Allemagne, parlait assez haut et présentait au monde le spectacle du malheur uni à la majesté du rang. Un journal allemand fut le premier qui l'annonça, mais le silence des journaux légitimistes permettait d'en douter. Les négociations avaient été conduites, avec le plus grand secret, par l'archiduc Maximilien et les dispenses de parenté étaient déjà obtenues, que le cabinet des Tuileries l'ignorait complétement. Rien d'ailleurs n'eût pu guider ses soupçons. Marie-Thérèse n'avait vu qu'une seule fois son époux, à une époque où il n'était nullement question de son union.

Tous les cœurs honnêtes furent pénétrés de joie. La presse légitimiste félicita vivement Mme la Comtesse de Chambord.

« Convoiter, disait M. A. Nettement, la moitié d'une auguste infortune, ne savoir pas résister aux saintes séductions de l'exil, dire : Il y a au monde un Prince né sur les marches du trône le plus auguste de l'univers et banni par une catastrophe inouïe loin de ce trône et de la patrie de ses aïeux : c'est celui que mon cœur a choisi ; les épreuves me seront plus douces avec ce petit-fils de saint Louis et de Henri IV exilé, que les pompes et les joies de la puissance avec tout autre Prince ; heureuse ou malheureuse, sa destinée sera la mienne ; je serai l'ornement de ses prospérités, si Dieu lui en réserve, et le bonheur de ses adversités, si Dieu lui en destine ; je serai la couronne du

proscrit, la patrie de l'exilé, la richesse du dépossédé ; c'est le propre d'un esprit élevé qui
ne mesure point l'honneur, et il y a, dans
cette action, un cachet de grandeur qui ne
peut tromper. »

MM. Reboul, de Valory, Cauchy et Th. Muret,
dans des odes ou des chansons, popularisèrent
le nom de la princesse. Nous ne voulons pas
priver nos lecteurs des belles stances de M. de
Nugent :

> Tribual tibi secundum
> cor tuum.
> (Ps. 19, Exaudiat.)

Madame, votre choix révèle un cœur de reine ;
Et lorsque de Henri vous reçûtes la main,
Près de lui dans la lice où le devoir l'entraîne
   Dieu vous marqua votre chemin.

Partageant de son nom la grandeur souveraine,
Montez avec Henri plus haut qu'un trône humain,
Et tous deux d'un front calme et d'une âme sereine
   Laissez venir le lendemain.

Que l'exil soit son Louvre et le malheur son maître,
Ou qu'il doive revoir les bords qui l'ont vu naître
   Porté par des bras triomphants,

Riche d'antique gloire et de jeune espérance,
Votre époux peut toujours se montrer à la France
   Le plus digne de ses enfants!

M. de Châteaubriand, se faisant l'interprète
de tous, adressa à la princesse la lettre suivante :

      « Madame,

« Une lettre de M. le Comte de Chambord
m'avait annoncé tout son bonheur. — Je me re-
tire ordinairement devant les prospérités : elles

sont hors de ma compétence. — Je ne puis cependant me taire cette fois.

« Recevez, je vous en supplie, Madame, les vœux d'un homme qui n'a pas cessé un moment d'espérer ce qu'il voit aujourd'hui s'accomplir. — Il ne peut s'empêcher de pousser un cri de joie, qu'il vous remercie d'avoir arraché de son sein.

« CHATEAUBRIAND. »

Nobles paroles auxquelles notre Reine répondait ainsi à la date du 6 décembre 1846 :

« Monsieur le vicomte de Châteaubriand,

« Devenue Française de cœur et de sentiment, je suis heureuse et fière que mon mariage ait été pour ma nouvelle patrie une occasion d'entendre votre voix, une des gloires de la France, lui parler encore d'espérance et de joie. Oui, prions avec ferveur pour la prospérité de notre chère patrie et Dieu fera luire enfin un jour où la France ne voudra pas retenir loin d'elle ses enfants les plus dévoués.

« MARIE-THÉRÈSE. »

Les dames de la Halle de Paris, qui avaient salué le berceau de Henri V, écrivirent aux augustes époux, leur protestant de leur inaltérable dévoûement, et leur envoyèrent un bouquet magnifique. LL. AA. RR. s'empressèrent de les remercier.

« Nous remercions sincèrement les dames de la Halle et des marchés de la bonne ville de Paris, des félicitations et des vœux qu'elles nous ont adressés à l'occasion de notre mariage. Tout ce qui nous vient, tout ce qui nous parle de la France a des droits sur nos cœurs. Nous recevons avec plaisir et reconnaissance les fleurs qui nous sont envoyées, et nous les garderons comme un témoignage précieux du souvenir et de l'affection que l'on nous conserve dans notre chère patrie.

« HENRI. MARIE-THÉRÈSE. »

Une multitude d'autres adresses furent envoyées à la Princesse; à toutes, elle fit une réponse; nous ne citerons que la suivante :

« Frohsdorf, 9 mai 1847. .

« Je viens de recevoir enfin les jolies fleurs qui accompagnaient les félicitations des dames de la Halle de la bonne ville de Nîmes et je veux aujourd'hui les remercier moi-même de ce double et touchant témoignage de leur souvenir. Rien n'est plus gracieux que la pièce de vers qui renferme l'expression naïve de leurs sentiments et de leurs vœux. J'aime à voir surtout dans l'emblème de la colombe qui rehausse l'éclat des fleurs un présage d'heureux avenir et un symbole de paix.

« MARIE-THÉRÈSE. »

La fidélité bretonne se cotisa pour offrir à Mme la Comtesse de Chambord un magnifique service de linge damassé. Il arrivait à Frohsdorf précisément pour l'anniversaire du 16 novembre.

« Rien ne pouvait m'être plus agréable,

écrivait-elle le 20 novembre 1848, que cet hommage de tant de cœurs dévoués. Le sentiment qui en a inspiré la pensée, la perfection du travail, les nobles symboles de la fidélité bretonne dont il est semé, tout contribue à en relever le prix à mes yeux. Je garde les noms des personnes qui se sont réunies pour me l'offrir et je suis heureuse de pouvoir leur faire ici tous mes remercîments. Je connais aussi le zèle et le désintéressement de ceux à qui l'exécution de cet admirable ouvrage a été confiée. Qu'ils reçoivent également l'expression de ma gratitude.

« MARIE-THÉRÈSE. »

En même temps, on remarquait à Frohsdorf une affluence plus nombreuse de royalistes. À Chambord, ce domaine du petit-fils de France, les paroisses en fête vinrent prier dans l'église du village pour les augustes Exilés. Des touffes de lys entouraient le pied de la croix, touchant emblème qui rappelait que la religion se souvenait encore du plus noble de ses enfants. A Paris et dans la plupart des villes, les prêtres ne pouvaient suffire aux nombreuses demandes des fidèles.

Mais ceux qui eurent le plus de part à la joie commune, ce furent les pauvres. Deux lettres du Prince annoncèrent l'envoi d'une somme de vingt mille francs et une autre de vingt-six mille. La Princesse en envoya de son côté dix mille aux inondés de la Loire et, associant la religion à ses bienfaits, fit don de trois mille francs à l'œuvre de la Propagation de la foi; seize mille autres soulagèrent l'indigence des vieux serviteurs de la Maison de Bourbon.

En outre, par les ordres du descendant de nos Rois, on organisait à Chambord des ateliers de travail qui assuraient la vie à de malheureux ouvriers réduits aux plus dures extrémités. D'abondantes aumônes firent vivre ceux qui ne pouvaient travailler.

« Je suis sûr, avait dit [Monseigneur, que mes amis sentiront, comme moi, la nécessité de s'imposer de nouveaux sacrifices et de rendre leurs aumônes plus abondantes que jamais. » Les royalistes s'empressèrent de seconder ses désirs.

Dans l'ancienne monarchie, la France fêtait l'intronisation de son Roi par le don de joyeux avénement et offrait à sa compagne un cadeau que l'on avait coutume d'appeler la *ceinture de la Reine*. En 1846, le Roi et la Reine étaient en exil; mais qu'importaient aux légitimistes les arrêts de proscription lancés contre les Bourbons de la branche aînée? N'avaient-ils point le droit de célébrer le mariage d'un Fils de France par les largesses d'une inépuisable charité?

La joie des pauvres, telle fut la ceinture de Marie-Thérèse d'Este, ceinture plus précieuse pour elle que les plus riches dons et les plus magnifiques parures : car elle se composait de bonnes œuvres faites en son nom.

Des souscriptions s'ouvrirent de toutes parts et leur produit vint en aide au malheur. Qu'était-ce, hélas! que tous ces bienfaits pour suffire aux immenses besoins des classes ouvrières!

Une violente secousse agita bientôt la société. En vain avait-on implanté une nouvelle dynastie à la place de l'antique trône ; en vain, pendant dix-huit ans, l'habileté d'un roi avait essayé de reconstruire un ordre de choses stable ; tout tombait, tout était inutile. Le jour vint où Louis-Philippe fut obligé de quitter les Tuileries. Il était venu au trône porté par le flot populaire, le peuple défaisait son œuvre : c'était logique.

Le contre-coup de la révolution de février ne tarda pas à retentir dans toute l'Europe : l'Autriche, la Pologne, la Prusse, l'Allemagne, l'Italie furent violemment agitées. La république de Venise crut pouvoir renaître. Monseigneur se trouvait sur la place Saint-Marc, lorsque la lutte s'engagea entre les Autrichiens et les Vénitiens. Il assista à ces décharges avec une fermeté toute militaire, « en homme qui comprend qu'un petit-fils de Henri IV ne doit point mettre de précipitation à se retirer quand il se rencontre face à face avec le danger. » Une balle même frappa à côté de lui un homme du peuple. Du reste, il faut l'avouer, pendant les quelques jours qu'il resta encore avec son épouse et sa mère à Venise, ils furent l'objet de toutes les prévenances et de tous les égards.

Frohsdorf lui-même n'offrait point une complète sécurité. Le château est situé à quelques lieues de Vienne, tout près de la frontière hongroise. Or la capitale était aux mains de l'émeute et la Hongrie était révoltée; en quelques instants, des factieux pouvaient venir à Frohsdorf. Un visiteur du Prince constatait lui-même le danger de ce voisinage; mais, ajoutait-il, « accoutumés aux vicissitudes de l'exil et aguerris par l'adversité, confiants en Dieu ou dans leur étoile, les hôtes de Frohsdorf m'ont paru médiocrement alarmés d'un péril dont ils ne se dissimulaient pas la possibilité. »

Peu à peu, cependant, la tempête s'apaisa; la Maison d'Autriche sortit victorieuse de toutes les émeutes qui avaient failli ruiner son empire; les Exilés purent reprendre leur vie accoutumée.

L'année suivante (1849), Mme la Comtesse de Chambord prenait depuis plusieurs semaines les eaux d'Ems, lorsque tout à coup le bruit se répandit en France que Monseigneur viendrait l'y rejoindre. Déjà plusieurs Français étaient venus lui présenter leurs hommages. Tous admiraient son affabilité, sa distinction, sa grâce charmante et son sourire bienveillant.

Pour la première fois, Marie-Thérèse paraissait devant un public français, dont l'attente avait été excitée par tout le bien qu'on rapportait d'elle. Elle sortit victorieuse de cette épreuve décisive. Nobles, bourgeois, ouvriers, tous, à leur retour en France, purent dire que la Reine avait l'âme toute française et aimait tout ce qui venait de sa nouvelle patrie. Quand M. Jeanne offrit le beau fuchsia qu'il avait enlevé de la plate-bande des Tuileries, ne l'avait-on point vue contempler avec émotion ce souvenir de la patrie absente, et le faire passer dans sa chambre à coucher, puis sur la table du dîner et de là au salon ! Elle semblait se complaire à l'avoir sans cesse devant les yeux.

Que de pieux hommages ne lui furent-ils pas offerts par le dévouement de ses nouveaux compatriotes ! que de gracieux symboles ! que de touchantes allusions ! Tantôt, c'était un superbe corsage en lis, ou une belle châtelaine parsemée de lis, brodée en soie blanche sur cachemire blanc, tantôt une paire de gants merveilleusement ouvragés aux armes de France. Celui-ci envoyait un magnifique album, en satin blanc, illustré d'un lis en or, contenant les romances des lis ; celui-là une bouteille d'eau, dite Bouquet de Chambord, composée des fleurs prises dans le parc de ce royal domaine ; etc. « Que je suis heureuse, disait S. A. R., de voir qu'on pense à mon mari et qu'on croit au bonheur que je ressens en recevant des souvenirs de France! »

M. Jeanne ayant offert un magnifique portrait du Prince, enchâssé sur fond de marbre blanc dans un médaillon en bronze, la Princesse en fut ravie : « Que c'est beau ! dit-elle ; c'est bien mon mari, et je ne crois pas qu'on puisse mieux saisir la ressemblance... Certainement, c'est parfait !»

Le 25 août, fête de la Saint-Louis, Monseigneur et Madame assistèrent à un concert donné par l'illustre cantatrice Jenny Lind, au profit des pauvres. Quand ils entrèrent dans la salle, tous les spectateurs se levèrent en masse pour leur faire honneur et ne se rassirent qu'au moment où ils occupèrent leur place. Entourés de Français, ils respiraient à l'aise, l'harmonie arrivait plus suave à leur cœur. La cantatrice, accablée de bravos enthousiastes, les saluait d'abord, puis le public. Mais quel que fut le talent de Jenny Lind, les yeux de bien des assistants ne se fixaient que sur Marie-Thérèse et son auguste époux. A la fin du concert, ils mirent plus d'une heure à regagner leur voiture. Ils ne pouvaient se refuser d'adresser encore à tous un souvenir ou une parole d'adieu. Le lendemain était le jour de la séparation.

Au sortir de la messe, les Exilés reçurent les adieux de leurs compatriotes et les visiteurs d'Ems reprirent le chemin de la France ; ils avaient hâte de raconter ce qu'ils avaient vu et entendu.

Marie-Thérèse se retira de nouveau à Frohsdorf : la solitude se rouvrait devant elle et bien des années devaient s'écouler avant que le pèlerinage de Bruges rappelât celui d'Ems.

IV

Les solitudes de l'exil.

Les Tuileries de l'exil; accueil bienveillant des hôtes de Frohsdorf. — Marie-Thérèse; son amour pour la France et son époux; sa bienfaisance; son humilité; sa piété; ses passe-temps. — Vienne. — Venise; regrets des Vénitiens; Autrichiens et Italiens. — Un républicain à Frohsdorf. — Héroïque dévouement de Ferdinand d'Este; sa mort. — La fille de Louis XVI. — Affliction des Exilés; le poids de la solitude. — Le Comte et la Comtesse de Chambord en Hollande. — Récit de M. Dubosc de Pesquidoux. — Louise de France à Frohsdorf; sa mort. — Maximilien et Marie-Thérèse.

La demeure qui abritait les illustres Exilés ne rappelait guère le palais où ils eussent dû régner. Si quelque parvenu cherchait à s'établir, peut-être dédaignerait-il, dans son opulence, le château où séjourne le dernier des Bourbons. A part les bouquets de verdure dans lesquels il est encadré, il n'a rien de ce qui peut réjouir le cœur. L'entrée est froide et triste; pour compléter ce mélancolique tableau, les Tuileries de l'exil s'appellent Frohsdorf, en allemand *village du bonheur*, amère ironie jetée aux Proscrits.

Quelle que soit l'impression que l'on ressente à la vue de ce château, la tristesse vous quitte tout aussitôt que vous êtes en présence de Monseigneur et de Mme la Comtesse de Chambord. Tel est le charme que font pénétrer en vous leurs paroles, que vous sortez de là plus confiant dans l'avenir.

Le temps, qui ne respecte rien, n'a pu détruire la sérénité du regard de Marie-Thérèse et surtout l'admirable expression de bonté qui est empreinte sur toute sa figure. « Elle possède à la fois la majesté qui impose et la grâce qui attire. » D'une taille élancée, disons mieux, d'une taille de Reine, elle apparaîtrait avec avantage dans les salons du Louvre ou de Versailles. Il y a vingt-cinq ans que la couronne de France aurait dû être posée sur son front et ces vingt-cinq ans se sont écoulés dans l'exil, loin de sa patrie d'adoption qu'elle aime tant ; et c'est là surtout la plus grande de ses peines. Car si elle aime son auguste époux, ce n'est que pour la France ; elle souffre en pensant au bien que ferait M. le Comte de Chambord, s'il était sur le trône.

Sa conversation, agréable et sans prétention, révèle une personne profondément instruite, à laquelle l'usage de la plupart des langues étrangères est familier. Sa voix douce et sympathique pénètre l'âme.

Elle entretient une correspondance assez active avec les personnages les plus éminents de France. Son écriture est large, à grands traits, un peu irrégulière, mais parfaitement lisible.

Par l'origine de sa famille et le milieu dans lequel elle est née, elle avait contracté un accent moitié italien, moitié allemand. Les premières années de son mariage, elle s'excusait avec beaucoup de grâce de ce léger défaut, qui du reste a disparu complétement : « Je ne savais, disait-elle, à laquelle de ces deux nations, allemande ou italienne, j'appartenais; mon mariage a tranché la question : je suis Française et bien Française. » Française, Madame, nous n'en avons jamais douté, vous l'êtes de cœur et de sentiment !

Nous avons plusieurs portraits de Marie-Thérèse. Tous sont généralement ressemblants; mais ce qui ne se peut photographier, c'est le cœur ; c'est là surtout qu'il faut regarder la Reine.

« Affable, prévenante, d'une bonté, d'une douceur, d'une bienveillance sans exemple, la Princesse, dit M. Blaze de Bury, gagne en quelques secondes cette invincible sympathie que commande l'aspect du Prince. C'est un charme qui vous ravit, une grâce à laquelle on ne résiste pas. On ne saurait imaginer plus de ressources du côté du cœur, et dans la dépense de ces trésors, plus de modestie et d'ingénuité. »

Elle sait à merveille deviner les goûts et les

désirs de ses hôtes et encore mieux les satisfaire. Elle égaye les tristesses de l'exil par des lectures, des chasses, des promenades, des causeries, auxquelles elle aime assister.

« Son regard expressif s'illumine de bonheur, dit M. des Ursins, quand on prononce deux noms : celui de son époux et celui de sa patrie adoptive! On devine les battements d'un cœur tout français qui partage les douleurs de l'exil, et l'énergie d'une âme capable d'héroïsme dans les solennelles épreuves d'un instant suprême. ».

« Fière et reconnaissante de son alliance avec le descendant de Louis XIV, dit M. Ch. Didier, elle a de son mari l'opinion la plus haute et son amour pour lui tient de l'adoration. Elle le croit irrésistible, et, plus impatiente que lui, mais impatiente pour lui plus encore que pour elle-même, elle est fermement convaincue qu'il n'aurait qu'à se montrer pour subjuguer tout le monde, comme il l'a subjuguée. C'est là toute sa politique, c'est-à-dire que sa politique est dans son cœur. »

« La Comtesse de Chambord, dit le *Constitutionnel*, aime passionnément la France, et non point en princesse aspirant à la gouverner, mais en étrangère devenue Française et fière de son titre. Notre littérature, notre école de musique et de peinture l'enchantent et l'enthousiasment. « Quand un doute m'arrive sur « la grande nation, disait-elle une fois, je relis

« une fable de La Fontaine ou une page de Bos-
« suet, et devant un génie si multiple, ma foi
« est raffermie. »

« Tous les objets de sa toilette viennent de
France. Elle ne porte pas un bout de ruban
qui n'ait été fabriqué à Saint-Étienne ou à Lyon
et ce sont les petites orphelines de Paris qui
confectionnent sa lingerie. Dans les grandes
solennités, la Comtesse de Chambord ne porte
qu'un bracelet : celui que la ville de Marseille
lui envoya en présent il y a vingt ans déjà. »

A mesure que le voyageur s'avance vers
Frohsdorf, les villages et leurs églises revêtent
un air d'aisance qui étonne son regard. Quelle
est donc la main mystérieuse qui, comme un
génie bienfaisant, embellit tout ce qu'elle
touche? Cette main, c'est celle de Mme la
Comtesse de Chambord : elle s'est elle-même
arrogé une royauté qu'elle exerce dans toute
sa plénitude et à l'action de laquelle on ne
peut se soustraire. « La quantité de suppliques
qui sont présentées à Mme la Comtesse de
Chambord, nous écrit un curé des environs de
Frohsdorf, est une chose bien connue ; parmi
ces nombreuses requêtes, il en est très-peu
qui n'atteignent leur but, de sorte que ce genre
d'aumône forme chaque année une somme
considérable... On s'y est habitué... La tâche
devient difficile dès qu'il s'agit de détails : car
depuis 1864, la plupart de ses bienfaits se font
plus que jamais en secret ; de manière que,

malgré la proximité des lieux, j'en sais peu de chose. En voici une preuve : je n'ai appris la mort du valet de chambre N. que huit jours après son enterrement; mais ce que je sais, c'est que Mme la Comtesse de Chambord a soin de ses trois enfants et les fait élever. »

Elle fait le bien, mais avec intelligence et discernement. C'est peu de donner beaucoup, mais bien donner constitue une science qui demande beaucoup de tact : « On ne doit pas faire la charité comme on mange des cerises, disait-elle un jour, il faut s'inquiéter des noyaux. » Aussi, de tous côtés, elle organise le travail et elle fonde des écoles.

Frohsdorf est naturellement plus que tout autre l'objet de ses attentions. En 1854, elle dota ce village d'une école pour les petites filles; en 1864, pareille institution fut établie pour les garçons. C'est de l'Alsace qu'elle faisait venir les Frères et les Sœurs, auxquels elle confiait la direction de ses chers protégés. Elle y avait en outre ouvert un ouvroir et une pharmacie, à laquelle on accourait de tous les environs.

Quel dommage qu'un des nobles courtisans de l'exil n'ait point écarté le voile qui nous cache les vertus de Marie-Thérèse ! L'humilité de notre Princesse, dont l'immensité vraiment royale a trouvé le moyen de s'exiler au sein de l'exil même, ne leur pardonnerait pas d'avoir montré au monde les trésors de bonté et de charité qui sont contenus dans son cœur de Reine, et pourtant ce n'est qu'à regret que nous sommes obligés de nous taire ; mais plût à Dieu qu'il vous fût donné d'interroger vous-mêmes les nécessiteux que la Providence envoie autour de son humble demeure ! Avec quelle reconnaissance, ils vous rediraient ses vertus ! tous vous répéteraient bien haut qu'elle est leur mère et la providence de leur affliction ; leur reconnaissance confondra son nom avec celui de la sainte fille de Louis XVI : ce nom est synonyme de bonté et de générosité (1).

Rien n'approche surtout de ce doux regard et de [cette humilité chrétienne. Quand, le dimanche, on l'aperçoit dans la tribune de la chapelle de Frohsdorf, à côté du Roi, abîmée dans une prière pour lui, on dirait un ange gardien priant pour celui que Dieu a désigné à sa garde et étendant ses blanches ailes pour écarter tout péril (2).

Mme la Comtesse de Chambord dès ses jeunes ans a contracté des habitudes d'exactitude et de régularité. Le matin est consacré à Dieu, la plus grande partie de la journée à

(1) Le même prêtre que nous avons cité plus haut nous écrivait : « La charité de cette grande dame a beaucoup de ressemblance avec l'auguste princesse que nous nommions « Cœur d'Ange, » et qui, hélas ! nous fut ravie trop tôt. »

(2) « Son ange, disait en la contemplant un visiteur, son ange doit être un Séraphin. »

l'étude et le soir au plaisir, et par plaisir nous entendons les œuvres de charité, le seul acte par lequel elle marque sa royauté.

La peinture et la sculpture des fleurs sont encore un de ses passe-temps; elle aime et favorise les arts; elle possède aussi dans les serres de son château une collection de plantes fort riche et fort variée, qu'on cultive sous sa propre direction.

Marie-Thérèse va souvent à Vienne passer quelques mois dans le palais que lui a légué son père François IV; elle se plaît même à venir au couvent de la Visitation de cette ville, dont les bonnes religieuses lui rappellent celles de Modène, qui ont été pendant si longtemps les témoins de ses vertus.

Venise a été pendant longtemps son séjour de prédilection; cette ville, par la douceur de son climat et la foule d'hommes illustres ou de haut rang qui s'y donnaient rendez-vous, lui convenait mieux que Frohsdorf. Elle y habitait le palais Cavalli. Les fêtes fréquentes qu'on y donnait l'intéressaient vivement et plus d'une fois elle les présida. C'est ainsi qu'en 1853, elle recula de plusieurs jours son départ, pour répondre à une invitation de la marine autrichienne. Il s'agissait de lancer à la mer une magnifique frégate, *le Prince Schwartzemberg*. Par une délicatesse qui obtint l'approbation de tous les assistants, l'archiduc Maximilien ne voulut point donner le signal et le navire ne s'avança

majestueusement vers la mer que quand le
geste et la voix de Marie-Thérèse lui donnèrent
la liberté.

Henri V et son auguste épouse ne cessèrent
définitivement d'habiter Venise qu'en 1866,
lors de l'invasion piémontaise. Les habitants
les virent, avec regret, s'éloigner du milieu
d'eux. Plus d'une fois, des milliers de signa-
tures les pressèrent d'y rentrer, mais ils ne
pouvaient résider dans une terre soumise au
sceptre de celui qui avait dépouillé leur frère,
le duc de Modène, les infants de Parme, leurs
neveux et le roi de Naples, leur cousin.

Cette unanime sympathie, qu'ont excitée
les Exilés dans cette ville, s'explique naturellement par l'influence qu'ils ont conquise sur
l'une et l'autre portion de la population. Qui
ne sait qu'elle était partagée en deux camps,
les Autrichiens et les Vénitiens, les vainqueurs
et les vaincus ; à la vue de l'uniforme étranger
on faisait le vide. Il y avait plus de quarante
ans que les soldats croates, esclavons ou hon-
grois, l'occupaient et l'aversion était aussi
marquée que le premier jour. Eh bien ! le
Prince et la Princesse réunissaient souvent à
leur table l'élite de la société autrichienne et
de la société vénitienne, qui se relâchaient de
leur exclusivisme en l'honneur du palais Cavalli.

Un moment, le bruit se répandit que LL. AA.
RR. cesseraient d'y résider. C'était à l'époque

de l'insurrection. Dès le lendemain, une tristesse générale s'empara de Venise; on eût dit qu'elle perdait ses chefs.

Nous n'ajouterons rien; nous craindrions même d'encourir le reproche d'exagération, si nous n'avions puisé dans les témoignages d'écrivains à même de nous contrôler par leurs récits. Nous nous contenterons seulement de reproduire les lignes suivantes du républicain Ch. Didier; son témoignage est en complet accord avec celui des écrivains royalistes.

« La Princesse a, je crois, deux ans de plus que son mari. C'est une personne élancée, un peu maigre, mais d'une taille élégante. Elle a de beaux cheveux noirs ondés, des yeux noirs pleins de vie, d'intelligence, mais un accident de naissance lui dépare la bouche lorsqu'elle parle, et c'est grand dommage, car, à ce léger défaut près, c'est une fort jolie femme.

« Elle portait une robe blanche habillée, les bras nus et une écharpe de velours sur les épaules. Je ferai à sa toilette le reproche assez rare d'être trop candide et de ne pas sacrifier assez à la coquetterie. On devine au premier coup d'œil qu'une femme de chambre de Paris n'a point passé par là.

« C'est une nature distinguée; on la dit bonne, instruite, d'un caractère facile, et l'on voit qu'elle tient à plaire. Quoique Princesse de vieille souche, elle m'a paru timide, mais son embarras n'était pas sans grâce.

« Elle regrette Venise où elle a vécu avant de s'établir à Frohsdorf ; à Venise du moins son mari était en vue, on pouvait le juger, tandis que Frohsdorf est un tombeau...

« A peine avais-je échangé quelques paroles insignifiantes avec la Princesse, que la porte de la salle à manger s'ouvrit, le dîner était servi. M. le Duc et Mme la Duchesse de Bordeaux passèrent les premiers, Mme la duchesse d'Angoulême ensuite, les dames après elle, et enfin les hommes, sans leur donner le bras...

« Il n'y avait que moi d'étranger et j'étais un peu la bête curieuse ; je surpris plus d'une fois, à ce titre, les yeux de Mme la Duchesse de Bordeaux, arrêtés sur moi avec curiosité : un républicain français, assis à la table d'un Prince français proscrit et mangeant dans une vaisselle aux armes royales de France, ne laissait pas d'être, en effet, un spectacle nouveau pour la fille du duc de Modène. J'avais conscience de ma position ; mais je l'acceptais bravement, avec toutes ses conséquences, et n'en étais, d'ailleurs, pas autrement embarrassé. Le dîner dura moins d'une heure, et on rentra au salon de la même manière qu'on en était sorti... C'est alors que je pus causer un peu avec la Duchesse de Bordeaux, sans toutefois sortir des généralités. Je ne sais si je m'abuse, mais il me semble qu'elle est un peu contrainte... Par qui ? Par quoi ?... Je l'ignore. Peut-être par la haute dévotion de Mme la duchesse d'Angoulême. Toujours est-il qu'elle s'épanouirait, je crois, volontiers. C'est, en effet, une vie bien solitaire, bien austère, pour une jeune femme qui doit nécessairement rêver la France, Paris, les Tuileries. Princesses ou simples mortelles, est-ce que les femmes ont jamais douté de ce qu'elles désirent? Elle supporte cependant l'exil avec résignation et une grande égalité d'humeur. Elle en trompe les longues heures par l'étude, et lit beaucoup pour abréger le temps. Et puis, l'espérance donne du courage et fait supporter bien des choses; magicienne habile, elle transfigure toutes les positions. »

A peine Marie-Thérèse était-elle rentrée à Frohsdorf qu'une nouvelle, d'autant plus triste qu'elle était inattendue, vint l'y surprendre presque aussitôt. Ferdinand, son frère, était tombé gravement malade, victime de sa trop grande charité.

Le mois de novembre 1849 touchait à sa fin. Un horrible typhus rapporté des campagnes de Hongrie sévissait à l'hôpital militaire d'Obrowitz. Le Prince Ferdinand d'Este venait de rendre les honneurs militaires à l'Empereur d'Autriche, qui avait passé de nuit à Brünn; il s'agissait de finir dignement la nuit. « Que faisons-nous? » dit-il à ses aides de camp. On réfléchit, on s'interroge; tout à coup l'archiduc, comme sous le coup d'une inspiration : « Vous savez quels affreux ravages le typhus exerce:

nos pauvres soldats y succombent par cen-
taines : si nous allions visiter l'hôpital et
observer par nous-mêmes les soins que l'on
donne aux malades? L'heure est favorable, on
ne nous attend pas ; venez ; au moins serons-
nous sûrs ainsi de nous rendre un compte plus
exact. » On arrive à l'hôpital, on entre ; le
prince annonce qui il est et déclare le but de
sa visite ; les médecins répondent qu'ils ne
peuvent le laisser aller plus loin, que ce serait
s'exposer à une mort certaine, si on voulait
pénétrer dans des salles dont l'atmosphère pes-
tiférée n'a pas été renouvelée. Vains efforts : le
prince insiste et, suivi de ses officiers, s'aven-
ture à travers l'épouvantable fléau. « Chaque
lit reçoit sa visite, chaque moribond entend sa
voix consolatrice ; il étend sur les moindres
détails son inquisition, s'informe, examine,
encourage le bien, relève les abus et la séance
se prolonge ainsi jusqu'au jour. Pieux et fatal
désir qui devait lui coûter la vie!

« Au sortir de là, le prince Ferdinand d'Este
et ses trois aides de camp se sentaient envahis
par le mal et, quelques jours après les trois
aides de camp ayant succombé, il ne restait
plus que le prince, auprès duquel une héroïque
sœur bravait à son tour la contagion qu'il
avait, lui, si généreusement affrontée. Cette
sœur héroïque, c'était Mme la Comtesse de
Chambord. Eloignant tout le monde des ap-
proches de la contagion, persistant à s'y expo-

ser seule, et consommant jusqu'au bout son sacrifice avec cette charité magnanime, ce courage viril qu'inspire la conscience du devoir, et qui en d'autres dangers, on peut bien y compter, jamais ne l'abandonneraient. » Hélas! tous ces soins furent inutiles à ce frère bien-aimé, naguère rempli de tant d'espérance et de vie. Il fut en un instant couché sur un cercueil; c'était finir en héros chrétien.

Un an après, elle perdait l'aîné de ses oncles, Ferdinand d'Este (5 novembre 1850). Ce ne devait pas être son dernier deuil; la mort allait frapper plus près d'elle.

La fille de Louis XVI, qu'elle aimait comme une mère, et qui lui rendait amour pour amour, finissait une vie qui n'avait été qu'une longue douleur (19 octobre 1851). Princesse infortunée, elle mourait dans l'exil.

La France s'acheminait alors fatalement vers sa perte, en laissant le pouvoir à un homme dont le passé ne remontait qu'à une entreprise contre le Pape et aux coups de main avortés de Strasbourg et de Boulogne. C'était une cause d'affliction profonde pour le petit-fils de saint Louis et sa royale compagne. Exilés, ils oubliaient leurs malheurs pour ne songer qu'aux calamités qui allaient fondre sur leur patrie.

Plus que jamais le poids de la solitude allait peser sur leurs âmes. Nous voyons, en effet, qu'à part quelques courtes apparitions à Mo-

dêne, à Venise, à Reggio, à Parme, à Brunsée,
à Ebenzweyer et à Vienne, les années s'écoulèrent avec une effrayante monotonie, jusqu'au
jour où notre malheureux pays, devenu l'allié
de l'impiété, l'aida à accomplir son œuvre
d'iniquité. La neutralité des duchés de Parme,
de Modène et de Toscane fut indignement
violée. La duchesse de Parme, sœur de Henri V,
fut obligée de quitter ses États, après avoir
longtemps résisté à la révolution; François V,
frère de Marie-Thérèse, fut aussi contraint d'a-
bandonner son duché; enfin le roi de Naples
était réduit par la trahison et les lâchetés à ca-
pituler, et les défenseurs de la Papauté étaient
odieusement assassinés à Castelfidardo.

Que pouvaient faire les hôtes de Frohsdorf?
protester par leur attitude et leur parole.
Marie-Thérèse ne songea qu'à redoubler de
générosité envers les pauvres. Toujours de
moitié dans les dons que son auguste époux
envoyait en France, elle se plaisait à toute
occasion d'adoucir des infortunes. En septembre 1852, dans un voyage qu'elle fit à Lintz,
sur le bateau à vapeur qui l'y conduisait, une
pauvre actrice tomba malade de misère. La
royale Exilée lui fit remettre une petite boîte
de poudre gazeuse. Que renfermait cette boîte?
un billet de cent florins.

La guerre d'Italie avait été le prélude de ces
sanglantes orgies. Henri de France et sa compagne n'avaient point voulu rester dans un

pays en guerre avec leur patrie : ils s'étaient
retirés en Hollande. Un Français, M. Dubosc
de Pesquidoux, qui eut alors le bonheur de
visiter les augustes Exilés, n'a pu récemment
ne pas confier ses impressions au public. Nous
en détacherons ici une partie. « On n'a rien
dit de trop sur la grâce et la distinction de
Mme la Comtesse de Chambord. On ne vantera
jamais assez la touchante aménité de ses ma-
nières et de sa conversation. Chacune de ses
paroles révèle un esprit éminent et une âme
angélique. Avec quelle anxiété, elle m'interro-
geait sur la France, et ses dispositions à
l'égard de Monseigneur! Toute sa vie, on le
voit, est suspendue à ces pensées. L'opinion
est mobile en France, disait-elle. Les impressions les plus contraires se succèdent avec
rapidité. Les Français se souviendront que la
dynastie de leurs vieux Rois est la seule qui
les ait véritablement aimés. — En effet,
Madame, répondis-je; depuis mille ans les
Bourbons et les Français vivent ensemble. Ils
ont souffert, combattu, grandi et triomphé
ensemble. Toutes leurs destinées furent com-
munes. Ils ne font qu'un. Nos « vieux Rois »
ne sont pas des aventuriers prenant la France
sans amour et la laissant sans d'autre regret
que l'ambition déçue : leur cœur est à la
France, parce que leur passé lui appartient,
comme leur avenir! On proclame ces vérités
à l'étranger, ajoutais-je, si on les méconnaît

encore en France! Et je répétai en quelques mots à la Princesse les conversations que j'avais entendues sur mon passage. « Depuis que j'ai vu Monseigneur, repris-je, j'ai la ferme espérance que les Français reviendront à leurs sentiments traditionnels, et que Dieu réserve Monseigneur pour présider à cette réconciliation, qui sera le salut de la France et le gage de sa grandeur future. — Dieu est si bon! dit la Princesse, il peut tout restaurer et tout sauver! C'est pourquoi, ajouta-t-elle, il le faut toujours prier. Dernier mot qui m'est resté de cet intérieur simple et doux, vraiment chrétien, vraiment royal. »

La paix de Villafranca permit aux Exilés de rentrer à Frohsdorf. Monseigneur en sortit quelque temps après, pour faire un voyage en Orient. Mme la Comtesse de Chambord ne put le suivre. La duchesse de Parme, qui résidait à Wartez, vint pendant ce temps s'établir à Frohsdorf. Sa présence consolait Marie-Thérèse de l'absence du Roi. Ces deux âmes étaient faites pour se comprendre et pour s'aimer. « Plus je vois ma belle-sœur, disait la duchesse, plus je m'attache à elle, c'est un ange. » Témoignage d'autant plus flatteur qu'il venait de la bouche d'une femme aussi illustre par ses vertus que par son origine et ses talents. Hélas! le moment approchait où la sœur de Henri de France allait pour jamais disparaître de la scène politique.

Elle venait de se rendre à Venise auprès de son frère, lorsqu'elle fut atteinte du mal qui devait l'emporter. La maladie ne permit point d'avertir à temps la duchesse de Berry. Quand Marie-Caroline arriva, il était trop tard; la duchesse lui donnait un autre rendez-vous dans un monde meilleur. Six ans plus tard (1870), elle devait s'y trouver fidèle. Louise de France léguait à son frère et à sa belle-sœur le soin de ses quatre enfants; ils s'acquittèrent noblement de cette lourde tâche.

Un des hôtes les plus assidus de Frohsdorf, le bon archiduc Maximilien, l'avait précédée dans la tombe. Rien de plus intéressant que de suivre la Princesse dans l'intimité de sa correspondance avec son oncle. Parfois, il lui échappait, bien malgré elle, de glisser dans ses lettres une louange à l'égard de son bon oncle et de rendre justice à son mérite. L'archiduc l'en réprimandait aussitôt; son humilité ne pouvait accepter un éloge rendu à sa sainteté. Se sentant mourir, il voulut assurer la durée de ses fondations d'œuvres de charité et de bienfaisance et songea à instituer pour sa légataire universelle Mme la Comtesse de Chambord : « Je veux continuer à vivre en toi, lui écrivait-il, tu me remplaceras dans toutes mes œuvres. » Il lui en parla confidentiellement. « J'accepterai très-volontiers, lui dit celle-ci, mais à la condition que ce sera sans avantage pour moi; car je ne veux pas être préférée à mes parents. » — « Je t'assure, répliqua l'archiduc, que je ne te laisserai que des charges. » — « S'il en est ainsi, dit Marie-Thérèse, je vous promets de répondre à votre confiance avec une soumission filiale ; j'exécuterai fidèlement toutes vos intentions.

Le 1er juin 1863, l'archiduc s'endormit dans le Seigneur. Il laissait une fortune considérable : elle fut tout entière employée en bonnes œuvres. Encore notre Princesse fut-elle obligée d'avancer sur son modeste budget pour suffire à ses charitables largesses.

V

Evénements de 1870. Conclusion.

Secousses politiques. — Conduite admirable du Prince et de la Princesse. — Une lettre à Mme de Vésins.— Pèlerinage de Bruges.— La France ne périra pas.— L'heure viendra.

Si Maximilien eût vécu plus longtemps, il eût assisté à un spectacle inouï et douloureux pour lui, dont le contre-coup eût abreuvé d'amertume les dernières années de sa vie.

L'Autriche, qu'il chérissait, allait être vaincue par une nation protestante et rayée de l'Allemagne. La Prusse triomphante, entraînant après elle l'Allemagne tout entière, envahirait la France et l'écraserait. La souveraineté temporelle du vicaire de Jésus-Christ, grâce aux perfidies de Cavour et de Louis-Napoléon, serait foulée aux pieds.

Voilà ce que nous avons vu. Qui l'ignore dans le monde entier? Quand Dieu parle, sa voix irritée comme un tonnerre retentit au loin, et malheur aux peuples, comme aux souverains, qui ont méprisé sa loi!

Nos infortunes ont été si grandes que nous avons pu croire un moment que nous étions abandonnés de l'univers entier.

Seule, une voix Royale, sortant des profondeurs divines, nous murmurait la parole qui console le cœur et rend l'espérance. Cette voix, c'était celle de M. le Comte de Chambord.

A son exemple, Marie-Thérèse a pris une vive part à nos douleurs. Au souvenir de la patrie défaillante, ses yeux se sont remplis de pleurs. Qui n'admirera le patriotisme de cette fille des Rois et des Empereurs, qui eût voulu s'engager dans nos ambulances et, ne pouvant satisfaire ce pieux désir, s'est complue à soigner de ses propres mains nos malheureux blessés, prisonniers en Suisse et en Belgique.

Ecoutez avec quelle délicatesse elle console une mère de la perte d'un fils :

« Ce 28 avril 1871.

« Vivement touchée, Madame (de Vésins), de la lettre que vous m'avez écrite à l'occasion du triste anniversaire qui m'a laissé tant de regrets, je veux vous en remercier moi-même et vous dire combien je m'associe à la douleur qui navre votre bon cœur maternel.

« Mon mari absent a mandé, je le sais, à

M. de Vésins l'expression de tous ses sentiments de condoléance dans le malheur qui
vous a frappés. Vous ne trouverez d'adoucis-
cissement possible à votre profond chagrin
que dans les pensées de la foi, dans le souvenir des consolations que ce fils à jamais re-
gretté vous a données, et dans le baume que
votre second fils, en se battant si héroïquement
pour le Saint-Père, l'Eglise et la France, jet-
tera dans votre cœur brisé.

« Soyez l'interprète de mes sentiments auprès de M. de Vésins, et croyez, Madame, à
ma sincère affection,

« MARIE-THÉRÈSE. »

Jamais la France n'avait offert un plus
triste spectacle. A une guerre malheureuse
venaient se joindre les ruines de la révolution.
L'immoralité, l'athéisme avaient préparé ce
désastre ; le pétrole devait l'achever.

Alors Monseigneur écrivit l'admirable lettre
du 8 mai, qui indiquait assez que lui seul était
le Roi Très-Chrétien. Quittant Genève où il s'é-
tait fixé depuis 1870, il était allé à Bruges avec
Mme la Comtesse de Chambord.

Bruges devint bientôt un lieu de pèlerinage ;
que d'erreurs enfantées par l'ignorance ou la
crédulité se dissipèrent devant ce Roi et cette
Reine accessibles à tous, que nous promet
l'avenir.

On vit alors le petit-fils de Henri IV, profitant de l'abrogation des lois d'exil de 1832,

visiter le château de Chambord et fouler, pour
la première fois, depuis plus de quarante ans,
le sol de la patrie. Là, dans une proclamation
adressée à la France, il lui montrait où était le
salut.

La voix du descendant des grands chefs
nationaux émut le pays tout entier ; mais les
passions et les intérêts reprirent le dessus et
empêchèrent de mettre en pratique ce royal
avertissement. La société a bien d'autres choses
à faire qu'à méditer les paroles d'un Prince
qui ose affirmer qu'il y a un Dieu et que ce
Dieu seul peut nous sauver.

La France croit ressusciter en professant
l'athéisme, et elle ne songe plus que, dès le
berceau, elle fut chrétienne et qu'elle acquit
sa suprématie à la journée de Tolbiac, en invo-
quant le vrai Dieu. Nous nous sommes perdus
par orgueil, tout s'affaisse parmi nous. Mœurs,
idées, caractères, tout est corrompu, tout suit
une pente fatale, et, par suite de l'irrésistible
influence que nous exerçons sur l'Europe,
toutes les nations sont infectées de la même
contagion. Heureux encore, s'il reste parmi
nous des justes qui écartent le poids de la co-
lère divine !

Non ! tant qu'il restera un germe de christia-
nisme parmi nous, tant qu'il restera une croix
sur nos édifices et une prière dans les cœurs,
la France ne périra pas. La société se sauvera,
elle se transformera par l'expiation.

Nul doute que les femmes, par leur exemple, ne contribuent pour une large part à ce grand ouvrage de la régénération des peuples, et si l'exemple vient du trône, il n'en sera que plus éclatant et produira des résultats heureux et féconds. Que ne pourrait une Princesse en qui l'on reconnaît l'énergie d'une Reine et les vertus d'une sainte, qui n'ambitionne de la royauté que les charges et dont la modestie et la simplicité sont la condamnation vivante du luxe effréné de nos épouses et de nos filles ?

L'heure de Dieu est lente à venir ; mais encore quelques coups de foudre, et elle viendra.

Déposé.

Anniversaires royalistes.

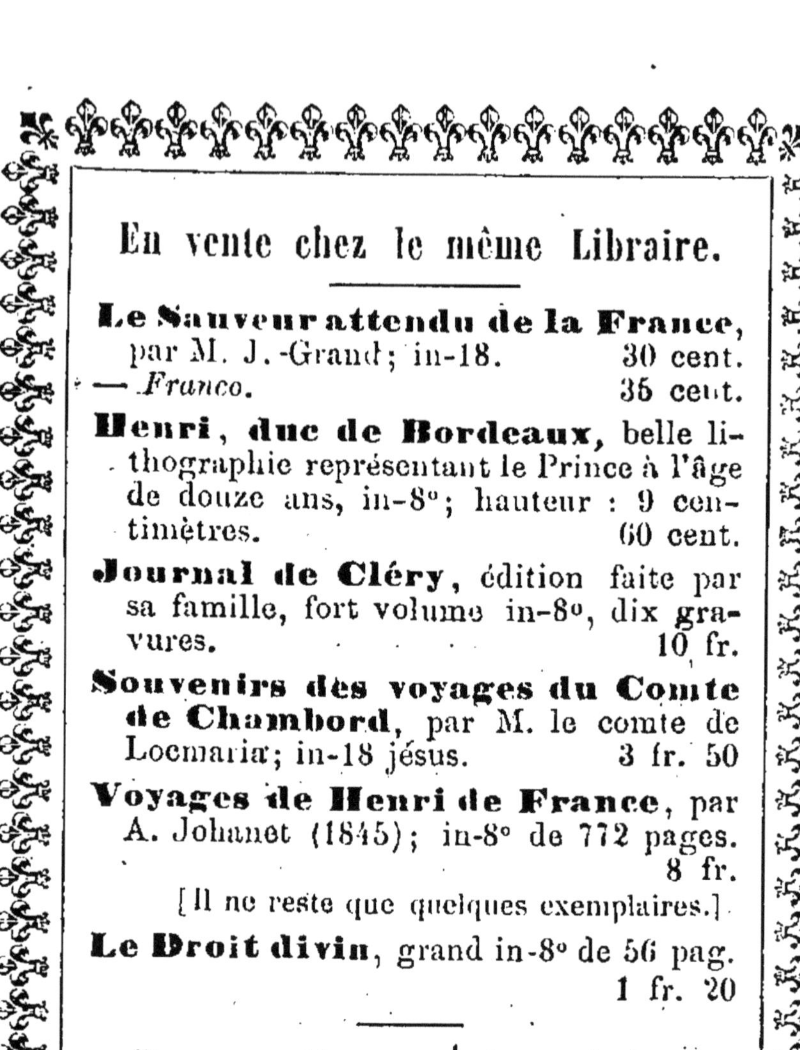

9 782019 265342